Lb 1818.

CE QUE SIGNIFIENT

ET CE QUE VALENT

la Violence et les Outrages

DE LA PRESSE. (1)

La terreur ne brisait que des hommes qui se tenaient debout. (*Un Journal républicain.*)

Si après les emportemens des écrits publics, il y a quelque chose qui puisse étonner, c'est l'imperturbable assurance avec laquelle certaines personnes s'en vont disant partout que la presse est opprimée ; la presse opprimée ! quelle dérision. C'est lorsqu'un déluge d'écrits plus violens les uns que les autres s'attaquent à ce qu'il y a de plus sacré parmi les hommes ; lorsque la sainteté du foyer domestique n'est plus respectée, et que des scandales de toutes sortes portent l'épouvante et le trouble dans la société, qu'on ose parler de l'asservissement des journaux ! En vérité, il faut par trop compter sur la crédulité, j'allais dire sur la bêtise des gens, pour débiter de semblables niaiseries. Ce serait sans nul doute faire injure au bon sens public que de supposer qu'elles ont besoin d'être réfutées ; la clarté du soleil ne se démontre pas. On a souvent cité cet ancien qui, pour convaincre quelqu'un qui niait le mouvement, se mit à marcher. Nos mo-

---

(1) Nous devons déclarer que ces réflexions ne peuvent s'appliquer qu'à la presse extra-constitutionnelle, à celle qui ne se contentant pas de la *liberté* aspire à l'*audace*. Quant à l'opposition constitutionnelle, nous sommes trop pénétrés de ses droits et de son utilité pour ne pas les respecter et même les défendre, s'ils en avaient besoin.

dernes philosophes font bien mieux ; ils marchent et nient le mouvement.

Il n'est que trop vrai, au contraire, que le déchaînement des passions désordonnées a fait pénétrer le doute dans beaucoup de consciences honnêtes, et que des hommes de bonne foi qui, jusqu'à présent, avaient mis leur courage et leur talent au service de la presse, se montrent disposés à renier cette divinité, et se demandent avec effroi où cela peut nous mener.

Nous le déclarons sincèrement, nous ne sommes point de ceux que ces appréhensions inquiètent, ni que ce découragement atteint. Malgré ce qui se passe, ou plutôt à cause de ce qui se passe depuis trois ans, nous nous sentons plus raffermis que jamais dans l'opinion si souvent exprimée par nous, que les avantages de la presse l'emportaient sur ses inconvéniens et nous conservons intacts nos vieilles croyances et notre culte d'autrefois.

En effet, l'expérience des derniers tems a clairement prouvé que si les coups de la presse sont mortels à un gouvernement contre-révolutionnaire et violateur des lois, ils sont destitués de toute force et de toute puissance quand ils sont dirigés contre un pouvoir fidèle à ses engagemens et fondé sur l'intérêt national.

Certes, jamais gouvernement ne fut attaqué avec autant d'acharnement que celui de juillet, et cependant c'est sous le feu de toutes ces violences qu'il a fait face aux nécessités du dehors et du dedans ; qu'il est parvenu à se faire respecter de l'étranger, en même tems qu'à l'intérieur il domptait les élémens de désordres qui se manifestent toujours à la suite de toute révolution, quelque justes, quelque modérés qu'en soient la cause et les résultats. On peut dire du gouvernement de juillet qu'il a fait comme le chêne, qui se fortifie dans la tempête. Cette épreuve nous paraît décisive ; nous le répétons, elle prouve que toute puissance contre les mauvais gouvernemens, la presse ne peut rien contre les bons, contre ceux que soutiennent le vœu et l'intérêt du pays.

On le voit, nous sommes fort éloignés de souhaiter de nouvelles restrictions à la publicité. Notre conviction la plus intime est, au contraire, que, dans l'état actuel des choses, le danger pourrait venir uniquement de l'adoption de mesures exceptionnelles et de la suspension, même momentanée, d'un des articles de la charte. Bien loin que la légalité nous tue, nous sommes convaincus que c'est elle qui nous sauve.

Les partis le sentent bien, car tous leurs efforts n'ont pour but que de harceler, d'irriter, de lasser le pouvoir qu'ils espèrent, à force d'injustice et de violences, pousser à un coup de tête. Les partis ne prennent pas même la peine de s'en cacher : *ils ne veulent que cela*. Et de fait, ils ont raison. A la veille de tomber d'épuisement et d'inanité, ils voient bien que l'avenir leur échappe, et que tout espoir est perdu pour eux, si quelque événement extraordinaire ne leur vient en aide. Il leur faut un nouvel aliment pour pouvoir vivre. Avec des injures et des personnalités, on remplit à toute force les colonnes d'un journal ; mais avec un semblable bagage on ne va pas loin.

Que l'on se garde donc bien d'attiser le feu quand il est près de s'éteindre. Surtout que l'on ne se fasse pas illusion sur les bienfaits d'une trève, qui, par cela même qu'elle serait imposée, resterait sans fruit, ou n'en porterait que de funestes. Pour quelques jours de repos, à quels orages ne s'exposerait-on pas ? La moindre déviation de la charte, même passagère, armerait les partis d'un levier formidable. Vous verriez bientôt quelle volte-face s'opérerait dans le langage des journaux ? La charte ne serait plus une charte bâclée, une œuvre de déception et de monopole ; elle deviendrait tout-à-coup le chef-d'œuvre des constitutions, et il n'y aurait pas assez d'anathèmes ni de châtimens pour ceux que l'on représenterait comme ses violateurs. Je parierais à coup sûr que les mêmes gens qui, au 6 juin, tiraient des coups de fusil sur la charte, ne manqueraient pas de faire une émeute, en criant *vive la charte ;* et cette fois leur cri pourrait bien avoir plus d'échos. C'est déjà un avantage immense d'avoir forcé la révolte à opposer le drapeau rouge au glorieux drapeau tricolore ; qu'on ne fasse pas la faute de laisser jamais prendre aux factions la charte pour cri de

ralliement; elle serait bientôt étouffée sous leurs hypocrites
et funestes embrassemens.

Dieu merci, on n'a pas à redouter de semblables dangers ;
la confiance que méritent à tant de titres les hommes d'état
placés au timon des affaires, doit rassurer contre l'éventualité,
même éloignée, des mesures exceptionnelles ; on peut être
sûr qu'ils ne céderont pas du terrain aux factions, mais on
peut aussi soutenir hardiment qu'ils se renfermeront stricte-
ment dans la charte, et qu'ils resteront constamment fidèles
au seul, au véritable programme de juillet : *La charte sera
une vérité.*

Cette position est excellente ; c'est celle du 13 mars, c'est
celle qui a sauvé le trône constitutionnel et la France ; il faut
s'y maintenir à tout prix, aujourd'hui que l'épreuve en est
faite. Les habiles de l'opposition seraient fort enchantés que
le pouvoir s'en écartât ; un de leurs confidens en faisait l'aveu,
il n'y a pas long-tems ; mais il est vraisemblable que cette
chance n'est pas prête à leur écheoir de si tôt. Il y a dans les
conseils du prince et dans la majorité des chambres, des
hommes trop éclairés, trop supérieurs, trop habitués aux
conditions du gouvernement représentatif pour se laisser
alarmer, au point de désespérer de l'efficacité des lois, par
quelques agitations qui, après tout, ne font que glisser sur
la société et sont comme un symptôme de vie et de force
dans la nation. Il doit suffire, pour la sûreté et la garantie
de tous les intérêts, que ce mouvement soit contenu et réglé
par des mains habiles et fermes, capables de l'arrêter quand
il peut dégénérer en désordres. Qu'importe après que cette
résistance ameute et fasse gronder les passions ! Des hommes
d'état, accoutumés à la vie publique des peuples, ne doivent
pas s'en émouvoir. C'est tout simplement le bruit et l'écume
du torrent qui vient se briser contre la digue qui préserve de
ses ravages.

Sans doute, un régime de liberté poussé si loin peut être
dommageable à une multitude d'intérêts privés et flétrir bien
de nobles existences. Déjà, que de services méconnus, que
de hauts talens rabaissés, que de grandes renommées im-

molées! que voulez-vous, c'est le lot de l'humanité, toujours le mal près du bien, partout l'abus à côté de l'usage!

Pour quiconque a observé de près et de bonne heure la marche et le langage des partis, ce qui se passe de nos jours est conforme à l'histoire de tous les tems, et s'explique par le ressentiment des défaites, et le besoin de satisfaction et de vengeances contre des triomphes qui humilient ou font envie.

C'est la destinée de tous ceux qui fondent des empires, et se jettent à travers les factions, que d'être calomniés outre mesure. Qui a eu à subir plus d'outrages que Henri IV et Guillaume de Brunswick? Notre premier consul à nous, tout resplendissant de gloire et plus grand encore pour avoir arraché la France à l'anarchie que par ses victoires d'Italie et d'Egypte, notre premier consul, pour prix du salut de la patrie, ne fut-il pas environné d'une nuée de détracteurs, et comme si cet exemple était fait exprès pour notre époque, la machine infernale, imaginée par le parti démagogique, ne devint-elle pas ensuite l'arme de l'aristocratie?

Il serait aussi par trop doux et par trop commode d'avoir l'honneur de gouverner les hommes, si quelques nuages ne venaient obscurcir les joies et les triomphes de la puissance. C'est un bonheur assez rare que de doter son pays de bienfaisantes institutions, et d'assurer la paix et la prospérité publique; c'est une gloire assez belle que de fonder la liberté d'un peuple, et d'attacher son nom à une époque pour faire braver bien des dégoûts et rendre faciles les plus grands sacrifices.

D'ailleurs, ainsi que la fortune, la popularité a ses retours. Il ne faut que savoir attendre. Presque toujours, comme si c'était un effet de l'éternelle justice, la réparation arrive par les mêmes voies que l'outrage, et les mêmes mains qui, dans un moment de délire, ont mutilé la statue d'un grand homme, sont souvent les premières à relever son piédestal.

Ce serait une chose non moins curieuse que féconde en enseignemens utiles, que l'histoire des variations de la presse et des jugemens si divers qu'elle a portés sur les mêmes personnages, dont elle fait à son gré des héros ou des scélérats consommés. Il ferait beau pénétrer dans ces ateliers où se fabriquent les réputations, pour voir avec qu'elle prodigieuse facilité on trouve dans un même passé de quoi mériter les gémonies ou le Panthéon, selon les intérêts et les passions du moment. Il serait surtout éminemment moral de dévoiler dans toute sa vérité le mobile qui préside à cette distribution de l'immortalité ou de l'infamie. Quel vaste champ pour l'observateur que nos quarante années de révolution ! quel sujet de méditation pour l'homme politique ! mais aussi quel antidote au poison de la calomnie ! Car encore une fois, l'expérience est là pour constater que presque toujours les noms moissonnés par la faulx des partis se relèvent et plus purs et plus brillans.

Ouvrant la marche, apparaît au premier rang Mirabeau ; Mirabeau, exemple et prophète tout à la fois de cette vicissitude des renommées, de cette fatalité attachée à la vie politique, quand il laissa tomber du haut de la tribune ces mots si retentissans et si vrais : Il n'y a qu'un pas du Capitole à la Roche Tarpéïenne ! !

Puis viennent Bailly et Barnave réalisant bientôt les paroles foudroyantes du grand orateur ; puis l'immortelle Gironde ; puis Carnot, l'organisateur de la victoire ! !

Plus tard, lorsque l'ouragan du Nord vint arracher la France au repos et au calme dont elle avait joui pendant douze ans, et soulever les passions et les emportemens d'une autre faction, la plus grande figure des tems modernes ne fut-elle pas indignement couverte d'affronts et d'ignominie ?

Il faut avoir traversé les mauvais jours de 1814 et de 1815 pour se faire une idée des ignobles souillures qui furent imprimés sur un front qui avait presque porté la couronne du monde.

Le Chantre de Velléda et de la duchesse de Berri se distingua entre tous les plus fougueux détracteurs de la gloire de Napoléon. Sous sa plume empoisonnée, le vainqueur de Marengo et d'Austerlitz, le promulgateur de nos Codes, le restaurateur de l'ordre, n'était plus qu'un vil étranger, un aventurier, un barbare, un Attila, un Néron, un Moloch, et se posant vengeur de l'univers, M. de Châteaubriand s'écriait : Buonaparte, ce n'est pas seulement nous, c'est le genre humain qui t'accuse.

Eh bien! aujourd'hui rien n'est commun, dans ce même parti de 1815, comme l'enthousiasme pour Napoléon. On pourrait citer de grandes dames qui se disputeraient avec autant d'empressement un lambeau de la redingote grise, qu'une touffe des cheveux blonds du prétendant.

La riche imagination de M. de Châteaubriand n'a pas d'images assez brillantes ni de termes assez magnifiques, pour exprimer l'admiration que lui inspire le captif de Ste-Hélène. C'est le haut enjambé, la gloire faite homme, l'homme géant.... Et comment le noble écrivain explique-t-il ses incroyables contradictions et son égarement d'autrefois ? Ecoutez : *Louis XVIII voulut bien me dire que cet écrit lui avait valu une armée..... C'est un opuscule approprié aux besoins de l'époque.....*

C'est bien! *Habemus confitentem reum.* Qui sait ? Peut-être un jour, revenant à l'opinion exprimée par vous dans un de vos livres, que dans les tems de trouble il se forme un parti composé d'hommes sages et modérés, désigné sous le nom de politique ou de *milieu*; que ce parti finit toujours par l'emporter, parce que c'est là seulement que se trouvent le bon sens et la raison ; peut-être un jour nous direz-vous que lorsque vous avez bafoué la modération, cette vertu de tous les peuples et de tous les tems, et insulté à la générosité des institutions qui laissaient votre plume libre de tout dire, c'était pour satisfaire à ce que vous regardiez comme les *besoins de l'époque*, et que votre régente vous écrivait que vos brochures faisaient l'office des Chouans et des Cosaques qui avaient failli à la cause de la légitimité..... Qu'on me pardonne cette digression ! Je reviens à mon sujet.

De nos jours, il s'est trouvé un homme qui, sans avoir le vaste génie de Bonaparte, semblait avoir hérité de sa volonté ferme, de son aversion pour les gouvernemens de la rue et de son penchant pour l'ordre. Cet homme, plus heureux que le héros du 18 brumaire, a eu la gloire d'arrêter les progrès de l'anarchie, sans profaner le sanctuaire des lois, sans mettre en lambeaux la constitution de l'état, et sans rien sacrifier de la liberté de son pays ; cet homme, tout le monde l'a nommé, c'est Casimir Périer ! Eh bien ! qu'on se souvienne des indignes traitemens auxquels il s'est trouvé en butte pendant sa carrière ministérielle, hélas ! trop tôt finie ! Pour les résumer tous en un seul, il doit suffire de rappeler que lui, à la conscience si droite et si pure, au cœur si haut et si fier à bon droit, au patriotisme si chaud et si vrai, que lui, Casimir Périer, s'est vu contraint de demander à un jury français protection pour son honneur attaqué, et de repousser devant la justice nationale l'accusation de..... Je n'ose achever par respect pour mon pays.

Après cela, qui pourrait s'étonner et se plaindre et des calomnies et des calomniateurs ?

Combien d'autres exemples sont encore sous nos yeux !

Au 30 juillet, dans un de ces momens décisifs qui décident des destinées des empires, l'Hôtel-de-Ville, où siégeaient MM. Lafayette, Mauguin et Andry-de-Puyraveau, offre un portefeuille à MM. de Broglie et Guizot. Les cendres du volcan étaient encore fumantes ; le cratère pouvait se rouvrir. N'importe ! MM. de Broglie et Guizot acceptent sans hésiter. Aussitôt c'en est fait des dernières espérances de St-Cloud et de Rambouillet ; notre révolution triomphe, l'Europe la reconnaît.

Trois mois se sont à peine écoulés que les passions populaires commencent à gronder au tour du nouveau trône. Plutôt que de leur céder le pas, MM. de Broglie et Guizot, ces hommes si ambitieux comme on sait, aiment mieux se retirer ; ils préfèrent renoncer à une position élevée qu'à leurs convictions. — Alors la presse se souvient que ces hommes d'état auraient été capables d'accepter les Bourbons de la branche aînée, si ceux-ci avaient voulu accepter franchement la charte, et leur faisant expier ce crime que l'Hôtel-de-Ville avait oublié et qu'il lui a fallu, à elle, trois mois pour se rappeler, elle les poursuit encore de ses outrages et de ses haines.

Quand le maréchal Soult entra dans le ministère du 3 novembre, les journaux qui avaient poussé à cette combinaison firent, le premier jour, un accueil très-gracieux au nouveau ministre de la guerre. Ce jour-là, c'était le soldat de la république, le premier lieutenant de l'empereur, le vainqueur de Toulouse, le major de la grande armée, le proscrit de 1815.

Mais lorsqu'au 13 mars, l'illustre maréchal consentit à seconder Casimir Périer dans son œuvre de paix, de véritable liberté et de civilisation, oh ! alors, le proscrit de 1815 ne fut plus qu'un admirateur des chouans, et le guerrier de l'empire, un capucin.

Voilà la constance, la justice et l'impartialité des partis.

Quittez ces hautes régions, parcourez tous les degrés de l'échelle sociale, partout vos regards seront frappés des mêmes contradictions, de la même instabilité dans le jugement des journaux.

A entendre les feuilles de province d'une certaine couleur, les départemens seraient livrés à une myriade de despotes au petit pied et d'inquisiteurs. Mais que le *Moniteur* fasse une Saint-Barthélemy de gens en place, vous verrez que tous les ex-fonctionnaires, sans exception, se trouveront des modèles de loyauté et les meilleurs amis du peuple.

Il serait facile de nommer des préfets révoqués, contre lesquels il n'y avait pas assez d'indignation lorsqu'ils étaient en faveur, qui, depuis leur disgrâce, sont les plus braves gens du monde, qui n'ont fait tort à personne et qu'on a eu très-grand tort de destituer.

Hier, M. Paulze-d'Yvoy et le colonel Désaix étaient d'excellens patriotes. A eux les serénades ; à eux les candidatures et les banquets.... Le gouvernement vient de leur donner un témoignage de confiance qu'ils ont accepté et peut-être recherché. Ils sont gens d'honneur, ils le justifieront par leur dévoûment et leur fidélité. Adieu les serénades, adieu les ovations ! Vous verrez qu'ils ne seront plus que des renégats !

La conclusion de tout ceci, c'est qu'aux yeux des journaux, il n'y a pas de bon ou de mauvais citoyen dans le sens absolu du mot. Cela dépend tout bonnement de l'opinion que l'on professe. Vous trouvez-vous d'accord avec un journal, vous faites-vous l'écho de ses opinions, vous êtes un grand homme ; mais refusez-vous d'obéir à ses inspirations pour rester fidèle à celles de votre conscience, vous êtes un misérable ! A une certaine époque on disait : Au nom de la liberté, pense comme moi ou je te tue ; aujourd'hui on dit : pense cemme moi ou je tue ta réputation. On voit qu'il y a progrès.

Il importe beaucoup de bien faire ressortir ce caractère capricieux, cette mobilité décevante, ces exigences tyranniques de la presse. Les mots n'ont qu'une valeur de convention. Quand on connaîtra les causes du dénigrement ou de la faveur des journaux, quand on saura que le plus grand crime des hommes en place, *c'est d'être en place ;* que d'après le vocabulaire des partis, les traîtres sont ceux qui tiennent leur serment ; les renégats, ceux qui aujourd'hui, comme sous le ministère Polignac, veulent le gouvernement des majorités ; les lâches, ceux qui affrontent des ressentimens et des haines implacables, alors on en prendra aisément son parti ; on se consolera facilement d'être appelé traître, renégat et vendu. Ces qualifications, venant de cette source, équivaudront même à un éloge ; et quand il en sera ainsi, l'arme de la calomnie, devenue impuissante, se brisera dans la main des partis ou se tournera contre eux.

Il fut un tems où la presse était en possession d'une influence immense. C'était le tems où, s'appuyant sur la classe moyenne, elle défendait l'ordre légal, les intérêts sociaux, les droits acquis et les conquêtes raisonnables de 89 ; contre les entreprises de l'ancien régime et les démolisseurs à talons rouges ; c'était lorsqu'elle avait pour drapeau les Royer-Collard dans les élections, les Villemain et les Lacretelle à l'institut, les Soult et les Gérard dans l'armée, les Dupin et les Barthe au barreau, les Cousin et les Guizot dans les chaires publiques, et dans les rangs de l'industrie et du commerce, les Casimir Périer, les Ternaux, les Humann et les Delessert.

Alors les succès de la presse furent prodigieux, inouis ; elle régnait en souveraine sur toute la France. La garde nationale de Paris se faisait l'écho de ses accusations ; les électeurs la consultaient avant de déposer leur suffrage dans l'urne. Si un candidat de son choix échouait au midi, elle l'indiquait au nord, et le candidat était nommé à une immense majorité. Si, dans une discussion importante, les chambres étaient incertaines et flottantes, la presse n'avait qu'à parler, elle était sûre de faire pencher la balance de son côté : son empire était devenu si grand qu'on disait d'elle qu'elle était un quatrième pouvoir dans l'état.

Mais, comme toutes les puissances de ce monde, elle eut ses courtisans ; elle aussi, les triomphes l'ont gâtée ; on lui dit qu'elle défaisait et faisait les rois à sa volonté ; prenant au mot ses flatteurs, elle pensa que le sceptre qu'elle *seule* venait d'arracher des mains de Charles X, devait lui écheoir par droit de conquête, et ne prétendit à rien moins qu'à cette dictature que n'avait pu soutenir le bras débile et caduc des vieux Bourbons. Elle consentait bien, il est vrai, à l'établissement d'un nouveau trône, mais c'était pour la forme et comme pour avoir, dans son orgueil et son énivrement, un éditeur-responsable couronné.

La presse ne tarda pas à s'apercevoir qu'elle s'était fourvoyée ; ni la France, ni la royauté qu'elle venait de fonder ne devaient, ne pouvaient accepter son vasselage. Le pays qui s'était servi de la presse contre l'émigration et le jésuitisme, repoussa bien vîte ce nouveau joug ; il lui prouva bientôt que, dans la grande révolution qui venait de s'accomplir, elle avait eu tort de se croire cause unique, tandis qu'en réalité elle n'avait été qu'un moyen et un instrument.

En effet, la presse ayant sommé les pouvoirs constitutionnels d'exécuter je ne sais quel programme, sous peine d'encourir sa disgrâce, ceux-ci dédaignèrent ses menaces et repoussèrent ses prétentions. De part et d'autre on s'irrita, et le conflit devint si violent que la royauté de juillet, pour enlever tout prétexte aux partis, et aussi pour retremper la chambre élective dans le nouveau corps électoral , crut prudent d'en appeler au pays ; la chambre des députés fut dissoute.

Jamais plus de loyauté ni de bonne foi n'avaient présidé à des élections ; jamais l'expression de la volonté nationale ne fut plus libre ni plus entière.

Cela est si vrai, que , jusqu'à la réunion des chambres , les journaux n'eurent pas le plus petit mot à souffler. Rien ne fut dit contre l'aristocratie bourgeoise , ni contre les priviléges et le monopole des riches ; aucun vœu ne fut exprimé pour le suffrage universel , si ce n'est dans une feuille où un pareil vœu a tout l'air d'une mystification.

Au contraire , les journaux s'applaudirent tout haut du résultat des élections : ils publiaient le bulletin de leurs victoires , et dans les catégories qu'ils dressaient , les deux tiers des nouveaux élus figuraient parmi ce qu'ils appèlent *les patriotes.*

Ce ne fut que lorsque, à la voix de Casimir Périer , une imposante majorité se rallia au système du 13 mars ; lorsque surtout le fameux ordre du jour motivé fut adopté par de nouveaux 221 , que la presse foula aux pieds toute retenue , et ne mit plus de bornes à sa colère.

Imitant la vieille royauté dont elle se prétendait l'héritière , elle proclama , elle aussi , ses intentions immuables , et se créant un article 14 , elle fit ses ordonnances et déchira , de son autorité privée , le pacte fondamental qu'elle déclara nul et de nul effet.

L'époque est peu favorable aux coups d'état, qu'ils viennent de haut ou d'en bas. Après Charles X , la presse en a fait une cruelle expérience.

Depuis le jour où elle s'est placée en dehors de la constitution et des lois , elle est tombée dans un discrédit complet. On peut dire qu'elle est entièrement démonétisée.

Et qu'on ne croie pas que nous exagérions ! les faits se pressent en foule à l'appui de notre assertion. On va en juger.

La presse nous montrait l'invasion étrangère et la guerre civile frappant à nos portes ; la France n'avait qu'à choisir entre une nouvelle Convention et une troisième restauration.

La paix est assurée, et demandez aux échos de Blaye des nouvelles des dernières espérances du carlisme.

La Vendée vomissant des armées contre-révolutionnaires, allait faire irruption sur le reste de la France : la Vendée est pacifiée.

La presse avait dit que le 13 mars ne vivrait pas trois mois; vingt fois elle a sonné son agonie : elle en est encore à recommencer ses présages de mort.

Le ministère du 11 octobre ne devait pas même se présenter aux chambres ; elle en est réduite à dire que la majorité lui est vendue.

Toutes les mesures, toutes les lois que les journaux attaquent avec plus d'acharnement sont celles qui ont le plus de chances de succès.

Vous pouvez en toutes choses prendre le contre-pied de la presse et parier hardiment contre elle. Le pays sera de moitié dans votre pari.

Les candidats qu'elle prône et couvre d'une protection spéciale, bien souvent n'arrivent pas même au ballotage, tandis que les députés qu'elle poursuit avec le plus d'animosité sont ceux qui obtiennent le plus de voix ; témoins MM. Guizot, Thiers, Humann, Thil, Sapey et Duchâtel. Tout récemment Privas et Dax viennent de remplacer deux signataires du *compte-rendu* par deux *juste-milieu*.

En 1830, les électeurs de Grenoble voulant assurer le triomphe de leurs 221, ne trouvèrent rien de mieux que de faire réimprimer les articles des journaux qui étaient injurieux envers leurs représentans. Ceux-ci furent réélus par acclamation.

Nous conseillons le même procédé aux amis de la majorité actuelle, pour les prochaines élections. Le résultat en sera tout aussi infaillible.

En état d'hostilité déclarée avec la finance, le commerce, la bourgeoisie et la propriété, la presse s'est fait un peuple à part, peuple imaginaire et fantastique, qui ne la lit pas, qui ne la comprend pas, et qui sourd à sa voix, porte son culte et son encens sur d'autres autels qu'elle profane et qu'elle déteste.

Il faut être juste toutefois, il est un monde où la presse

dont nous parlons est en grande vénération, c'est le monde
où se recrutent les tapageurs de parterre, les matamores
d'estaminet et les casseurs de reverbères. La presse est le
Dieu qui apaise et soulève les flots de l'émeute, l'Apollon
qui préside à l'harmonie des charivaris. Voilà ses trophées.
A Dieu ne plaise que nous les lui disputions !

Chose étrange ! c'est lorsqu'une grande perturbation dis-
posait les esprits aux émotions les plus entraînantes ; lorsque
le jury était rendu aux délits de la presse et que le fisc se
relâchait de ses exigences envers elle ; lorsque enfin l'élément
démocratique, recevant un immense et brusque développe-
ment, jetait la société dans un état de fièvre et préparait les
voies à l'action des journaux ; c'est au milieu de ces circons-
tances qui lui étaient si favorables, que cette action s'est
pour ainsi dire annihilée. En vérité, il faut que sa cause soit
bien mauvaise, puisque, malgré des talens incontestables,
l'influence de la presse se trouve en raison inverse de son
accroissement et de ses moyens de succès.

Cet état de choses renferme des leçons et des avertissemens pour tout le monde ; pour les journaux comme
pour ceux qui leur souhaitent des entraves.

La presse, éclairée par sa propre expérience et se fati-
guant de dépenser en pure perte une énergie et une activité
qu'elle pourrait faire tourner au profit de la chose publique,
finira sans doute par se discipliner et par revenir à des
sentimens plus modérés. Elle cherchera à améliorer et non
à détruire. C'est assez de ruines comme cela. La presse,
en surveillant le pouvoir, en veillant sur l'inviolabilité de
la constitution, en éclairant les citoyens, en poussant aux
progrès, rendra encore de nouveaux et d'immenses services
à l'humanité. Que si, malgré les avertissemens qui lui viennent de toutes parts, elle persiste dans les mêmes voies, il
n'y a qu'à la livrer à ses excès. Elle se portera, de ses
propres mains, les plus rudes coups. Elle grandirait par
la *liberté*, elle se tuera par l'*audace* ; bientôt elle n'aura pas
même le pouvoir de nuire. Elle sera comme le poison de
Mithridate ou bien comme l'homme ivre de Sparte.

D'un autre côté, les hommes craintifs et timorés que le

jeu de nos institutions effraie, voyant tous les jours le trône
de juillet se raffermir , et avec lui l'ordre , la confiance et la
prospérité publique , s'accoutumeront aux orages du *Forum*
et au tapage des journaux. Ils sentiront qu'à tout prendre , il vaut mieux que les mauvaises passions se dissipent
en mouvement de colère , que si elles fermentaient au sein
de la société. Les journaux sont la soupape de sûreté qui
prévient l'explosion. *La force comprimée est la force qui tue.*
Qu'on laisse au tems le soin , sinon de calmer , du moins
d'user les passions. Elles finiront bien par s'éteindre , faute
d'aliment; dans tous les cas, elles cesseront d'être dange-
reuses.

Qu'on se rassure donc , le plus difficile est fait; les plus
mauvais jours sont passés , le sol se raffermit. Ce qui reste
de symptômes fâcheux disparaît de jour en jour ; la peur
et le découragement pourraient seuls leur rendre une ef-
frayante gravité. Tout se régularise et s'asseoit autour de
nous. Les impôts se payent régulièrement; la loi est partout
exécutée ; le crédit public est en hausse ; le commerce re-
fleurit ; une armée brave et dévouée , ralliée autour du drapeau tricolore et du trône de juillet , leur fait un rempart
de son courage et de sa fidélité contre les ennemis du
dehors et du dedans.

Un système qui a pour lui les chambres, les corps savans,
la garde nationale et la magistrature de la capitale ; pour
lui, le commerce, l'industrie, le corps électoral et toutes
les professions libérales ; un système qui a l'avantage d'assurer au pays , avec les bienfaits de la paix , la plus grande
somme de liberté possible , qui s'appuie sur toutes les
forces vitales, intelligentes et morales de la société ; allez ,
un pareil système est assez fort pour pouvoir braver

Les sifflemens de l'hydre et l'affront de pygmée.

Que tout le monde seulement fasse son devoir avec courage , les citoyens comme les magistrats , les électeurs
comme les chambres, le pouvoir comme le pays ; qu'en
montrant un respect religieux pour les droits et les garanties
que consacre la charte , on sache aussi puiser en elle toute

la force qu'elle renferme, et le gouvernement par excellence, qui assure aux peuples autant de liberté que la république, sans entraîner ses perturbations et ses périls; le gouvernement qui reçut les hommages de Montesquieu, que rêvait Mirabeau, qui a eu pour appuis Royer-Collard, sous la charte de 1814, et Casimir Périer, sous celle de 1830, la monarchie constitutionnelle, en un mot, sortira triomphante de cette dernière épreuve; et sous le sceptre national et tutélaire de Louis-Philippe, la France prospère, industrieuse et libre, accomplira ses nobles destinées.

(Extrait de l'Ami de la Charte du Puy-de-Dôme.)

Aurillac, de l'imprimerie de PICUT, Libraire. — Mai 1833.

www.ingramcontent.com/pod-product-compliance
Lightning Source LLC
Chambersburg PA
CBHW061443170626
46811CB00005B/2343